De Terrorist

Uitgeverij Eenvoudig Communiceren / Lezen voor Iedereen
www.eenvoudigcommuniceren.nl
www.lezenvooriedereen.be

De Terrorist maakt deel uit van de *Schaduw-reeks* van Uitgeverij
Eenvoudig Communiceren. De *Schaduw-reeks* is een serie spannende
verhalen voor jongeren.

Oorspronkelijke uitgever: © Evans Brothers Limited 2008
(onderdeel van The Evans Publishing Group), Londen
Auteur: Malcolm Rose
Oorspronkelijke titel: *Four Degrees More*
Nederlandse vertaling: Anne-Marie Vervelde
Bewerking vertaling: ©Eenvoudig Communiceren
Omslagillustratie: Rob Walster
Omslagontwerp en vormgeving: Neon, Amsterdam
Druk: Easy-to-read Publications

ISBN/EAN   9789086961023
NUR   286

Malcolm Rose

De Terrorist

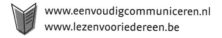

www.eenvoudigcommuniceren.nl
www.lezenvooriedereen.be

Inhoud

Slaapkamer

Vorig jaar is mijn leven veranderd, toen viel
mijn slaapkamer in zee.
Ik stond buiten en ik zag het gebeuren.
Het zeewater stond heel hoog en de zee
beukte tegen ons huis.
Dat ging een hele tijd goed.
Maar ineens ging het mis.
De balk onder ons huis brak.
In de muur kwam een spleet die steeds groter
werd.
Het raam brak, het dak kraakte, de hele muur
viel opzij.
Ik zag mijn slaapkamer.
Het behang was gescheurd en de vloer hing
schuin.
Mijn bed en mijn kast gleden naar buiten.
Alles stortte in zee.

Op de golven dreven mijn kleren.
Ik probeerde niet te huilen.
Boos schopte ik tegen onze auto.
De auto had beter in zee kunnen vallen.
Maar die stond veilig op de hogere weg.

Ik was niet alleen toen mijn kamer in zee viel.
Iemand anders zag het ook.
Hij filmde alles met zijn telefoon.
Dat filmpje zag ik later op televisie.
En niet alleen ik, de hele wereld kon het zien.
Mijn kamer met mijn spullen, en hoe alles in
zee stortte.
Het filmpje is heel vaak op tv geweest.
Opeens was mijn slaapkamer beroemd.

Ik was dertien toen het gebeurde.
Hoe ik me voelde?
Boos.
Op de zee en op de wind, en vooral op de
golven.
De golven leken wel grote knuppels,
ze ramden ons huis kapot.
Ik kookte van woede.
Maar de natuur kon er niets aan doen, dat
zeiden ze op het journaal.
Het lag aan de opwarming van de aarde.
De laatste maanden was de zee steeds meer
gestegen.

Opwarming

Toen mijn kamer in zee viel, wist ik nog niet
veel over de opwarming van de aarde.
Natuurlijk had ik er wel eens over gehoord,
maar ik dacht niet dat het echt gevaarlijk
was.
In ieder geval niet voor mij.
Na die dag wilde ik er alles over weten en
ging ik op internet zoeken.

Al snel vond ik veel informatie. De aarde
wordt warmer.
Op de noordpool en de zuidpool smelt het ijs.
Daardoor komt er meer water in de zeeën.
En de stromen worden sterker.
Het zeewater gaat steeds verder het land op.
Zo kwam het ook bij mijn huis.

Hoe komt de aarde zo warm?
Dat doet de aarde niet zelf.
Het komt door bedrijven, fabrieken, auto's
en vliegtuigen.
Maar ook door de verwarming in je huis, en
door computers en lampen.

Ze gebruiken elektriciteit. Of ze verbranden
olie of gas.
Daardoor komen er vieze gassen in de lucht:
broeikasgassen.
Door die gassen wordt het steeds warmer;
de temperatuur stijgt.
En zo warmt de aarde op.

Dat mijn slaapkamer in zee is gestort kwam
dus niet door de golven.
Het kwam door de mensen.
Echt waar.
Die schop tegen de auto was dus precies
goed!
De mensen met hun vervuilende auto's
zorgen ervoor dat de aarde alleen maar meer
opwarmt.

En toen gebeurde er nog iets.
Mijn vader en moeder maakten veel ruzie en
gingen uit elkaar.
Mijn vader ging ergens anders wonen.
Zo viel ook ons gezin uit elkaar.
Net als ons huis.

Een jaar later

Het is nu een jaar later.
Mijn moeder en ik wonen in een ander huis,
veel verder bij de zee vandaan.
Toch hoor ik de zee nog in mijn slaap.
Als ik mijn ogen dichtdoe, zie ik alles weer.
De muren die breken.
Het behang en mijn spullen.
Mijn kleren die op de golven drijven.

Soms is er een programma op tv over het
klimaat.
Dan laten ze het filmpje van mijn kamer weer
zien.
Ze draaien het heel langzaam af.
Maar weet je wat ik gek vind?
Over mij gaat het nooit.
Niemand zegt: arme Jamal. Daar gaat zijn
slaapkamer.
Niemand vraagt: vindt Jamal het wel leuk dat
iedereen zijn kamer ziet?
Voor andere mensen is het gewoon een huis.
Een huis dat uit elkaar valt.
Leuk om te zien, misschien een beetje eng.

Mijn huis laat zien dat de aarde warmer wordt.

Maar aan mij wordt niks gevraagd.

Ken je dat verhaal van die voetbalkeeper?

Hij maakte een eigen doelpunt; de stomste goal ooit.

Dat kwam op tv, misschien wel honderd keer.

En toen kwam het ook nog op dvd.

Hij was een goede keeper, maar nu is hij een tv-moment.

Iedereen lacht alleen maar om hem.

Zo is het ook met mijn kamer.

Het was een fijne kamer, maar nu is het een tv-moment.

Genoeg

Ik word steeds bozer.
Op de tv-programma's die steeds weer dat
filmpje van mijn kamer laten zien.
Maar vooral op de mensen om me heen.
De mensen met hun te grote auto's.
De mensen die hun verwarming te hoog laten
staan.
De mensen die hun lichten laten branden.
De mensen die overal heen vliegen.
De mensen die alles willen hebben zodat er
meer en meer fabrieken komen.
De mensen die de aarde steeds meer laten
opwarmen.

Het is genoeg: de aarde mag niet warmer
worden.
Anders valt mijn nieuwe kamer ook in zee,
samen met nog veel meer andere kamers.
Dan storten hele dorpen en steden in zee en
blijft er niets van de aarde over.

Ik koop een spuitbus en wacht tot het donker
is.

Met mijn capuchon op loop ik naar school.
Op een grote muur op het schoolplein spuit
ik:

Dit is een waarschuwing.
Stop met de vervuiling!
Er blijft niets over van de aarde.

De volgende dag staat iedereen bij de muur;
leerlingen en leraren.
'Wie doet zoiets?', hoor ik iemand zeggen.
'Een terrorist', antwoordt Kenzo, een van de
jongens uit mijn klas. 'Dit is een dreigement,
en alleen terroristen dreigen.'

Terrorist

Na die dag ga ik steeds verder.
Ik doe alles om de opwarming te stoppen.
Geen auto is veilig voor mij.
Als ik langs een auto ben gelopen, is er een
band leeg. Ik laat de lucht eruit.
En die verf op de muur van het vliegveld? Dat
is graffiti. Ook van mij.
Net als op benzinestations en bij de
kerncentrale.

Ik heb ook een bom gemeld.
Ik belde de krant en zei: 'Er ligt een bom op
Schiphol. Stop met vervuilen! Stop met die
vieze vliegtuigen! Anders ontploft de bom!'
Dat werkte goed.
Iedereen raakte in paniek en het vliegveld
was 24 uur dicht.

Toen ik klein was, wilde ik beroemd worden.
Nou, dat is gelukt.
Niemand weet wie ik ben, maar ik sta wel
in alle kranten. Ik ben op het journaal en
iedereen praat over mij.

Ze noemen me 'De Terrorist', net als Kenzo.
Maar ik ben geen terrorist.
Ik wil geen mensen doden, ik wil alleen de
aarde redden.
Zo red ik ook de mensen en de dieren.
Dus ben ik juist geen terrorist.

Geheim

Op school vertel ik over broeikasgassen,
over de aarde en het klimaat.
Maar niemand weet dat ik De Terrorist ben,
dat is mijn geheim.
Tot nu, want ik vertel het aan Kenzo.
'Weet je?', zeg ik tegen hem.
'Ik ben De Terrorist.'

Kenzo kijkt me aan.
Zijn mond valt open van verbazing.
'Jij? De Terrorist?'
'Ja', zeg ik.
'Je weet toch van mijn slaapkamer?
Toen is het begonnen. Als wij niks doen, loopt
ons land onder water. Dan verdwijnen onze
steden en dorpen. Dan is hier alleen nog maar
zee.'

Kenzo schudt zijn hoofd. 'Ik geloof dat verhaal
niet. Dus de aarde wordt warmer. Nou en?
Misschien komt het wel door de koeien.
Die beesten laten scheten en boeren.
Dat zijn ook vieze gassen.

Of misschien wordt de zon zelf warmer.
Dat kan toch ook?', vraagt Kenzo.
'Echt niet', zeg ik. 'Wij doen het, de mensen.
Het komt door onze manier van leven.
We gebruiken te veel olie en gas.'
Kenzo kijkt me aan. 'Maar die Terrorist, hè.
Die gaat wel erg ver. Wat vindt je moeder
ervan?'

Ik haal mijn schouders op.
Mijn moeder is veel te druk met zichzelf om
te merken wat ik doe.
Sinds mijn vader weg is, gaat ze bijna elke
avond uit. En ze komt 's nachts dronken
thuis.
Maar tegen Kenzo zeg ik daar niets over.
'Mijn moeder weet van niks', zeg ik alleen.
'Maar ze vindt het goed, denk ik. Zij is tegen
kernwapens en voor dierenrechten.
Ze doet mee met een protestmars.
Tegen armoede, geloof ik.'

'Hé, daar is iemand', zegt Kenzo opeens.
'Die man met die fiets. Hij staat naar je te
kijken.'

'Wat! Waar dan?' Ik kijk achter me.
Aan de overkant van de weg staat een man.
Hij is in de twintig, denk ik.
Ja, misschien kijkt hij naar mij, misschien ook
niet.
Ik steek mijn middelvinger op en loop weg.

Kenzo komt achter me aan.
Hij lacht een beetje. 'Misschien heb je gelijk',
zegt hij. 'Met die opwarming van de aarde.
Maar wat dan nog? Kan één jongen dat
veranderen?'
'Nee', zeg ik. 'In mijn eentje kan ik het niet.
Maar iemand moet de eerste stap zetten en
dat is mijn taak.'

Ik recht mijn schouders en kijk Kenzo aan.
'Ik ben De Terrorist. Maar ik ben heus niet de
enige. Ken je de groep Wakker Groen?
Zij voeren actie voor het milieu. Zij waren ook
bij de kerncentrale en ik deed de graffiti.
Zij maakten zichzelf vast aan de hekken.'

'Ach wat', zei Kenzo. 'Ze waren zo weg.
De politie nam ze mee.'

Ik kijk achterom. De man met de fiets zie ik
niet meer.
'De oliefabriek is de volgende', zeg ik.
'Wat ga je doen dan?', vraagt Kenzo.
Maar dat vertel ik niet aan hem, dat is mijn
geheim.

Olie

Mijn moeder is weer eens uit.
Ze komt vannacht pas laat thuis, of misschien
zelfs pas morgenochtend.
Ik doe mijn zwarte kleren aan en wacht tot
middernacht.
Om twaalf uur ga ik naar buiten.
In de garage pak ik twee tangen.
En dan begint het: De Terrorist is op pad!

Wij wonen vlak bij een grote fabriek, daar
wordt van olie benzine gemaakt.
Het is een lelijke, grote fabriek, dus ons
uitzicht is niet mooi.
Hij stinkt en daar heb ik last van. Net als
de andere mensen in onze buurt: Kenzo, en
mensen van school.

Rond de fabriek is een hek en er hangen ook
camera's.
Ik weet precies hoe het terrein eruitziet.
Overal zijn pijpen en tanks, het lijkt wel een
klimrek voor reuzen.
In die pijpen en tanks zit olie.

Bovenop zitten kleppen. Sommige zijn open,
andere zijn dicht.
Zo regelen ze het transport van de olie.

Eerst loop ik wat rond.
Het is stil op straat, ik zie niemand.
Donker is het niet, want de fabriek is fel
verlicht.
Het lijkt wel een voetbalstadion in de winter.
Eerst moet ik een stukje klimmen.
Het hek staat op een helling en is gemaakt
van sterk gaas.
Overal hangen camera's. Zoeklichten
verspreiden fel licht.
Ik moet uitkijken.
Niemand mag mij zien, anders zit ik in de shit.

Ik loop een stuk om het hek heen.
Dan zie ik iets: één zoeklicht doet het niet.
Op die plek is het donker.
Ik hol de straat over, de helling op.
Bij het hek kniel ik neer.
Hopelijk ziet de camera mij niet.
Uit mijn zak pak ik met zwetende handen
mijn tangen.

Opeens bedenk ik iets.
Misschien staat er elektriciteit op het hek!
Of nee. Dat kan bijna niet.
Ik heb nergens een bord gezien.
Dat moet toch? Een waarschuwing: PAS OP.
SCHRIKKELDRAAD!
Nee, dat heb ik nergens gezien.

Voorzichtig knip ik het eerste ijzerdraad door.
Dat gaat makkelijk, ik krijg geen elektrische
schok.
Toch bonst mijn hart als een gek.
Wat ik nu doe, is echt vandalisme.
Ik knip verder.
Het duurt best lang, wel een minuut, denk ik.
Terwijl ik knip, luister ik goed.
Er gaat geen alarm af. Er klinken geen
stemmen, geen auto's; niets.

R.O.A.

Ik knip geen rond gat, dat zou stom zijn.
Mijn plan is een soort deur te maken.
Ik wil het gaas naar binnen buigen.
En als ik er doorheen ben, buig ik het weer
terug.
Dan zie je het gat bijna niet.
Ik heb al een flink stuk geknipt.
Bijna is het groot genoeg, bijna kan ik er
doorheen.
Nog een paar knipjes.

Maar ik ben niet snel genoeg.
Er is iets of iemand.
Ik hoor het niet echt, maar ik voel het.
Ik kijk om me heen. Onder aan de helling
staan twee mannen.
De ene heb ik eerder gezien. Maar waar?

Hij fluistert: 'Dit is nu geen goed idee.'
'Wat?', zeg ik.
'Ssst. Niet zo hard praten. Kom op. Kom maar
met ons mee.'
'Echt niet', fluister ik.

'Echt wel. Vergeet dat hek.'
'Maar ... Wie zijn jullie?', vraag ik.
'R.O.A.'
'Wat?', zeg ik nog een keer.
Snel sta ik op. Ik houd de twee tangen voor
me, als messen.

De man zucht. 'R.O.A. betekent Redt Onze
Aarde. Wij werken samen met Wakker Groen.'
Ik snap er niks van. Zijn deze mannen
activisten?
'Wat moeten jullie van mij?'
'Jij kent ons misschien niet', fluistert de
man. 'Maar wij jou wel. Wij waren bij de
kerncentrale. Wij maakten ons vast aan het
hek en jij spoot de graffiti op de muren.
Weet je nog?'

Ik zeg niks, natuurlijk weet ik dat nog.
Maar kan ik ze vertrouwen?
Zijn het echt activisten? Of zijn het
politiemannen? Hoe wisten ze dat ik hier zou
zijn?

'Wij weten wat jij doet', zegt de man.

'Nu zie ik het!'
Mijn stem schiet omhoog.
'Jij bent die vent met die fiets! Jij volgt mij.'
'Ja. Ik heet Robin.' Hij kijkt de straat in.
'Kom! Het is tijd om te gaan.'
'Ja ja. Zo meteen krijg ik boeien om.
Wat gaan jullie doen met mij?'

Robin lacht. 'Wij doen alleen goede dingen.
Mensen ontvoeren hoort daar niet bij.
We willen je meenemen naar Betty.'
'Betty?', vraag ik.
Robin knikt. 'Wat jij hebt gedaan, vinden wij
heel goed. Maar niet wat je nu doet.'

'Jullie weten niet eens wat mijn plan is', zeg ik.
'Klopt', antwoordt Robin. 'Maar wij hebben
ook een plan, een veel groter plan.
Jij hebt het goed gedaan. Jouw gat komt nog
wel van pas. Kom, we gaan praten met Betty.'
Eindelijk zegt de andere man iets. 'Deze kant
op.'

Betty

En dan ontmoet ik Betty, Betty Pronk.
Ik denk dat ze de baas is van R.O.A.
De groene koningin.
Ze ziet eruit als een studente van de
universiteit.
Je kent dat type wel: spijkerbroek, steil haar,
bril.
Ze praat heel snel en met veel passie. Het lijkt
of ze haast heeft.
Ze vertelt over een wekker die te hard
opgedraaid is.
Geen idee wat ze bedoelt.
Haar handen bewegen de hele tijd, zo raakt
ze haar energie kwijt, denk ik.
Stilzitten doet ze ook al niet. Steeds loopt ze
heen en weer.

'Ze noemen ons criminelen', zegt ze.
'Milieucriminelen.
Maar dat is onzin. Weet je wie de
criminelen zijn? Directeuren van fabrieken,
transportbedrijven, energieleveranciers.
Dat zijn pas echte criminelen.'

Ze doet haar haar achter haar oren. 'En wat
denk je van al die auto's en vliegtuigen?
Van al die olie en al dat gas?'

'Inderdaad', zeg ik.
Ik moet toch iets zeggen?
Betty kijkt me aan, dan knikt ze.
'Doe met ons mee', zegt ze. 'We kunnen je
goed gebruiken.
We hebben hulp nodig.
Bovendien, als je serieus bent ...
Dan kun je veel doen. Grotere dingen dan nu.
Dan heb je R.O.A. achter je, wij zullen jouw
acties steunen.'

Ik zeg niets, maar zij twijfelt niet.
Ze doet haar haar weer naar achteren.
'Weet je de kolencentrale?', vraagt ze.
'Uit die schoorsteen komt heel veel
kooldioxide. Net zoveel als uit de helft van
alle auto's in ons land. Het was op televisie
deze week.
Onze mensen hadden zich vastgeketend.
Twee mensen klommen op de koeltoren.
Die is hoog, hoor!

Dat zijn belangrijke acties, en jij kunt
meedoen.'

Ik knik. 'Ik kan goed tegen hoogte', zeg ik.
Voor het eerst lacht ze.
Haar scherpe gezicht wordt vriendelijk.
'Ik heb iets anders voor De Terrorist', zegt ze.
'Dichter bij de grond.
Bijvoorbeeld een *sit-in* op de ringweg. Weet je
wat dat is?
Dan gaan we allemaal op de ringweg zitten.
Op alle rijbanen, zodat er geen auto meer
langs kan.'
Opeens moet ik aan mijn moeder denken.
Zij kan net zo praten als Betty.
Ze vindt Betty vast een goed mens.

Vertrouwen

Misschien ga ik meedoen met R.O.A.,
misschien zeg ik 'ja' tegen Betty.
Maar eerst wil ik iets weten. 'Wat wil je bij de
fabriek?'
Alweer doet Betty haar haar achter haar oren.
'Laat me eerst iets zeggen.
Wij doen niet alleen acties, het is meer dan dat.
We praten bijvoorbeeld met mensen uit de
politiek. Kijk!'

Ze pakt een krant.
Haar vinger wijst naar een artikel.
GROENE PLANNEN, lees ik.
'Zie je wel? De minister doet mee', zegt ze.
'Dat is mooi', zeg ik. 'Staat hij achter jullie
ideeën?'

Betty lacht. 'Was het maar zo. Hij is een
minister. Hij doet pas wat je wilt als je hem
onder druk zet.'
Eerst begrijp ik niet wat Betty zegt.
Ze glimlacht. 'Wij weten iets over hem', legt ze
uit. 'Iets wat hij liever geheim houdt.

Dus hij doet wat wij zeggen, anders staat straks alles op internet.
En dan is hij zijn baan kwijt, dan is hij geen minister meer.'

Hoor ik goed wat Betty zegt?
Ik kan het niet geloven.
'Maar dat is toch ...', begin ik. 'Hoe heet dat: chantage?'
Betty schudt haar haar.
Misschien krijgt hij het een beetje warm van ons. Maar is dat erg?
En de opwarming van de aarde dan?'
Betty recht haar rug. 'Misschien is het niet netjes', zegt ze. 'Maar de aarde is belangrijker dan de minister.'
'Dat is waar', zeg ik. 'Goede truc.'
Ik probeer het nog een keer. 'En de fabriek?'

Betty glimlacht. 'De fabriek is een ramp', zegt ze. 'Wil je alle feiten weten? Ik zal je één ding vertellen.
Weet je hoeveel olie we gebruikten in 1950?
Nu gebruiken we in zes weken net zo veel olie als toen in een jaar.

De helft gaat op aan vrachtauto's en
vliegtuigen.'
Ze schudt haar hoofd. 'Het is belachelijk.
De minister moet het stoppen. Als hij dat niet
doet ...
Hij zal wel zien dat wij het menen.'
'Hoe dan?', vraag ik weer.

Betty is even stil. 'Over een paar dagen praten
we verder, Jamal.
We moeten even nadenken. Jij ook.
Vertel me of je mee wilt doen.
Als we elkaar vertrouwen, dan ...'
Betty lacht, maar ze maakt haar zin niet af.

Feiten

Kenzo en ik zitten achter de computer.
Ik surf naar de website van Wakker Groen om
hem de feiten te laten zien.
Stel dat de aarde vier graden warmer wordt,
dan vallen er veel meer huizen in zee.

Zuid-Europa wordt een woestijn.
Het regenwoud van de Amazone ook.
En het westen van de Verenigde Staten.
Er zal te weinig water zijn.
Altijd zullen er bosbranden zijn.
In de zomer wordt het wel veertig graden.
Duizenden mensen gaan dood bij een
hittegolf.
Miljoenen mensen gaan dood van de honger.
Miljarden mensen zijn op de vlucht.
Ze zoeken een plek waar water is.
Maar daar zal het overvol zijn.

Het ijs van Antarctica smelt. Het ijs van
Groenland smelt. Het zeewater komt hoger
en hoger. En het water zal steeds vaker het
land instromen.

Eerst komen eilanden onder water te staan.
Daarna ook het vasteland.
Bangkok, Shanghai en Mumbai zullen onder
water verdwijnen.
En ook Amsterdam en Antwerpen.
De zee komt het land op.
Alleen hoge stukken land zullen droog blijven.
De rest wordt zee.
De helft van alle mensen op aarde zal moeten
vluchten.

Kenzo grinnikt. 'Overdrijven ze niet een beetje?',
vraagt hij.
Ik kijk hem aan. 'Als het voor de helft waar is,
is het nog erg', zeg ik.
'Ach man. Iedereen kan rare dingen zeggen.
Binnen vijf jaar wint FC Twente de UEFA-cup.'
Hij schudt zijn hoofd. 'Gebeurt echt niet.'

'Dat is wat anders', zeg ik. 'Dit is wetenschap.
Dit zijn feiten.'
'Welnee. Ze willen de mensen bang maken.
Dat is alles.'
'Ik hoop dat het lukt', antwoord ik.
'Want volwassenen zijn stom bezig.

Als jij rommel maakt, zeggen ze: ruim het op.
Maar zelf kopen ze grote, vieze auto's en
vervuilen ze onze aarde.
Straks zijn zij dood. En wie krijgt dan de
problemen?
Jij en ik. De volgende generatie.
Hartelijk bedankt!'

Kenzo zucht. 'En wat ga je eraan doen?',
vraagt hij.
Ik geef geen antwoord, maar ik weet het wel.
De vervuiling moet stoppen.
We hebben maar één aarde en ik moet dat
duidelijk maken.
Ik moet de fabriek stoppen.
Dat is wat ik ga doen, het is het enige dat ik
kan doen.

G.O.F.

'Ons groene plan gaan niet door', zegt Betty.
De kranten liggen op tafel.
Betty is boos.
De minister gaat het milieu niet redden.
Hij heeft ontslag genomen.
'Je weet toch wat er gebeurd is?', zegt Robin.

Ik zeg niks, ik heb geen idee.
Maar Betty knikt.
Ze maakt een prop van de krant en smijt hem
in de hoek.
'Ja, dat is niet moeilijk', antwoordt ze. 'Ik ruik
de G.O.F.'
Het lijkt wel geheimtaal.
'Wat bedoel je?', vraag ik.

Betty draait haar vinger in haar haar.
'De G.O.F. is de Groep van Olie-Fabrikanten.
Die mensen geloven niet in het milieu.
Ze zijn tegen de groene plannen. Misschien
kennen zij het geheim ook. Weet je nog?
Het geheim van de minister. En hebben zij
hem onder druk gezet, net als wij.'

Betty schudt haar haar. 'Als de minister de groene plannen uitvoert, maakt de G.O.F. zijn geheim bekend.
En als hij de groene plannen niet uitvoert, maken wij zijn geheim bekend.
Dus hij moest wel ontslag nemen.'
Aha, denk ik. Zo werkt dat dus in de politiek.

'Goed', zegt Betty. 'Dus de G.O.F. speelt grof spel. Dan moeten wij dat ook doen.
De olie-industrie is een smerige zaak en het wordt tijd dat mensen dat zien.'

'Je hebt gelijk', zeg ik tegen Betty. 'Ik ben er klaar voor.'
Eigenlijk moet ik naar school, maar ik ga niet. De aarde is belangrijker!
De groene koningin glimlacht. 'Jij bent net als ik', zegt ze. 'Je bent boos. En dat laat je zien ook.'
Ik knik. 'Mijn moeder zegt altijd: gooi het eruit. Houd je gevoelens niet in.'

'Goed van je', zegt Robin.
'Dat kun je beter dan ik. Ik krop alles op.

Totdat het genoeg is, dan explodeer ik.
Dan komen alle boze gevoelens eruit.'

'Oké', zegt Betty. 'We moeten de fabriek
aanvallen.
Niet een beetje, maar keihard.'
Ik denk even aan mijn slaapkamer.
Ik wil wraak en ik wil de aarde redden.
'Goed plan', zeg ik.

Betty kijkt me aan.
Het duurt een tijdje, net of ze nadenkt over mij.
Dan zegt ze: 'Goed, Jamal. Ik ken je nu.'
Dat is niet waar. Hoe kan ze mij kennen? Toch
glimlach ik.
Ze gaat mij vertellen over haar plannen.
'Dit gaan we doen', zegt ze. Haar stem is
zacht.
Nu komt haar geheime plan. Eindelijk!

Protest

'Er komt een groot protest', zegt Betty.
'Net buiten de fabriek. Al onze mensen doen
mee. We laten van ons horen!'
'Oké', zeg ik. 'Mag ik meedoen?'
Betty schudt haar hoofd.
'Nee. Het gaat niet echt om het protest.
We doen het alleen om de politie en de
bewakers bezig te houden.
Iedereen is dan buiten. Maar de echte actie
zal binnen zijn. Heel stilletjes.
En daar ben jij bij.'
'Aha', zeg ik.

'Vind je dat niet fijn?', vraagt Betty.
Ze streelt mijn arm. 'Jij bent de belangrijkste
van ons allemaal.'
Ik knik en denk: ik moet nu een vraag stellen.
Bijvoorbeeld: waarom ik?
Maar ik doe het niet. Ik ben boos over mijn
slaapkamer en ik wil wraak.
Dus ik zeg: 'Geweldig!' En dat vind ik echt.
Nu ben ik deel van de groep, dat is beter dan
alleen zijn. Het is bijna als familie.

Betty glimlacht. 'Wij zijn de afleiding.
Wij houden de politie bezig. En jij doet het
echte werk, jij bent onze groene held.'
Ik knik. 'Wat moet ik doen?'
Betty buigt zich over de tafel.
Ze vouwt een papier uit, een plattegrond.
Ik ken dat terrein, het is het terrein bij de
fabriek.

'In het midden staan drie tanks met benzine',
zegt Betty.
'Het is de belangrijkste opslagplaats.'
Ze wijst. 'Daar sla jij toe.'
'Wat bedoel je?', vraag ik.
Betty glimlacht.
'Stel je voor dat er brand uitbreekt.
Wat een prachtig vuurwerk zal dat geven!
Wat een fantastische actie!'
Ik kijk haar aan. Meent ze dat nou?
Ik weet niet wat ik moet zeggen.

'Het plan ligt klaar. Het is heel simpel.
Het kost maar een paar minuten.'
'Het plan?', herhaal ik.
'Ja.'

'Bedoel je een bom?'
'Iets om de tanks te laten barsten.
Denk je eens in. Deze fabriek maakt veel
brandstof. En na onze actie is dat voorbij.
Weg met die fabriek, weg met die vieze
gassen.
Dit is echt een grote actie en de hele wereld
zal het zien.'

'Maar een bom', zeg ik. Ik haal diep adem.
'Misschien raken mensen gewond.'
'O, maar we gaan niet overdag, we gaan
's nachts.
Dan zijn er bijna geen mensen.'
Betty is even stil en kijkt naar me. 'Stel je
voor', zegt ze dan. 'Je vriendin zit vast in een
ruimte. Er loopt water in die ruimte.
Wat zou je doen? Blijf je kijken of het erger
wordt? Of breek je het slot meteen open?'

'Ja, hè hè, dat is niet moeilijk', zeg ik.
'Natuurlijk bevrijd ik haar meteen.
Maar wat bedoel je?'
Soms praat Betty in geheimtaal.
Ik begrijp er niks van.

'We zien dat het misgaat met de aarde',
legt Betty uit. 'De aarde warmt op.
Wachten we tot er doden vallen? Of komen
we nu in actie?'
Betty wacht niet op antwoord.
Haar stem wordt zacht. 'We hebben je nodig,
Jamal.
De aarde vraagt jouw hulp en alleen jij kunt
het doen.
De politie kent ons. Jou kennen ze nog niet;
De Terrorist. Niemand weet wie je bent.'

Ik begrijp wat ze bedoelt.
'Oké', zeg ik. 'Jullie kunnen op me rekenen.
Maar ik wil dat er niemand gewond raakt,
dat is mijn eis.'
'Dat komt goed, hoor', zegt Betty.
'Vertrouw me maar. En nu aan het werk!'

Warm

De nacht is warm en donker.
Alles plakt. Of ligt het aan mij?
Ik ben op weg naar de fabriek.
Het 'plan' zit in mijn rugzak.
Het plan is dus inderdaad een bom.

Zwaar is zo'n ding. Mijn rug is nat.
Ik voel straaltjes zweet glijden.
Ik voel de opwarming van de aarde.
Dat is mijn probleem.
Net als de bom op mijn rug, dat is ook mijn
probleem. Maar het is voor een goed doel.

Ik ben geen terrorist, want ik maak geen
mensen dood. Ik neem alleen wraak.
Wraak op de olie-industrie.
Dit is een goede daad.

Mijn schoenen maken geen geluid.
Heel stil kruip ik naar het hek. Het gat zit er
nog en het licht is nog steeds stuk. Mooi.
Ik doe mijn rugzak af, die gaat eerst door het
gat.

Dan kruip ik erdoor.
Daar sta ik dan, op het terrein van de vijand.
Ik doe de rugzak weer om en kijk om me heen.
Tot nu toe gaat alles goed.
Ik kijk op mijn mobiel, bijna kwart over twaalf.
Nog een paar minuten wachten.

Reuzenmachine

De plattegrond zit in mijn hoofd.
Ik ken het terrein en weet waar ik heen moet.
Eerst over een grotere weg, dan iets naar
rechts lopen. Tot ik bij een grote oliepijp kom.
Die volg ik naar het midden van het terrein.
Als een slagader naar het hart van een
lichaam.
Mijn nieuwe vrienden zijn er ook.
Niet hier, natuurlijk, maar aan de andere kant
van het terrein.
Zij gaan naar de hoofdingang voor het
protest.
Om kwart over twaalf beginnen ze.

Maar wat is dat? Een sirene!
Ik duik op de grond. Hebben ze mij gezien?
Wat een hard geluid!
De hele buurt wordt wakker.
Wat zullen ze boos zijn op die rotfabriek.
De sirene loeit. Overal gaan lichten aan en
rennen mensen in uniform rond.
De rel van Betty is dus begonnen.
Hopelijk gaan alle bewakers ernaartoe.

Gebukt ren ik naar de pijp.
Mijn rugzak bonkt tegen mijn rug.
Hier ben ik, met de bom.
Ik ben vanavond superbelangrijk; ik ga de
aarde redden.
Het stinkt hier vreselijk.
Die fabriek is een smerige reuzenmachine.
Ik volg een pad. Links en rechts zijn lage
gebouwen.
Er zijn geen lichten aan, misschien is er
niemand. Dat hoop ik maar.
Dan kom ik bij een grotere weg.
Een olievlek. Ik zie hem te laat en glijd uit.
Maar ik val niet.
Ik kijk links en rechts, en dan steek ik over.

De camera's werken natuurlijk wel.
Ik hoop dat niemand de beelden bekijkt,
dat alle bewakers naar de rel zijn.
Opeens stopt de sirene en ik schrik van de
stilte.
Iemand heeft de sirene afgezet.
Logisch. Hij is niet meer nodig.
Alle bewakers zijn gewaarschuwd en de
politie zal er ook wel zijn.

Wat is dit pad lang.
Boven me hangen drie pijpen.
Naast me is de grote pijp.
Steeds hoor ik zacht gezoem.
Dat is de olie die door de pijpen stroomt.

Daar is iemand! Een lichtstraal komt op me af.
Gauw spring ik van het pad en verstop me in
een nis.
Mijn bloed klopt in mijn aderen.
Bijna ontploft mijn eigen hart.
Ik houd mijn adem in.

Een bewaker!

De voetstappen komen mijn kant op.
De lichtstraal gaat van links naar rechts.
Het is een bewaker in een blauw uniform,
een vrouw.
Wat een geluk, ze kijkt niet in mijn richting.
Ze drukt een telefoon tegen haar oor.
'Nee. Niks te zien.'
Ze is even stil. Uit haar telefoon komt lawaai.
Dan zegt ze: 'Dat klinkt heftig. Je kunt alle
hulp gebruiken, niet?
Oké. Ik kom eraan.' Ze rent weg.

Ik blaas mijn adem uit.
Even wacht ik nog, tot mijn hart wat rustiger
is.
Dan kom ik tevoorschijn.
Ik hoop dat zij de laatste bewaker was.
In de verte zorgt Betty voor veel lawaai met
haar protest.
Ik ren verder.

Daar staan de drie tanks. Ze zijn zo groot als
flatgebouwen.

Ik ren op mijn doel af.
In de verte schreeuwen mensen hard en er
klinkt een hoop lawaai.
De activisten doen hun best voor mij.
Zij zijn de verdedigers en ik ben de spits.
Ik ga scoren.
Samen zijn we een team. We spelen een
topwedstrijd.
Als het misgaat, zijn zij er altijd nog.
Al die mensen staan achter mij.

Eindelijk ben ik bij de tanks.
Het zweet loopt over mijn rug.
Er staan verschillende wagens.
Een personenauto en een paar vrachtauto's.
Daar tussenin zijn de drie tanks.
Drie tanks vol met benzine.
Nog heel even. Dan zijn het drie grote vuren.

Maar op dit moment is alles stil.
Schuilen kan ik hier niet, ik moet door het
licht rennen.
Dan kan ik de bom neerleggen en de teller
aanzetten.
En hopen dat niemand mij ziet.

Als één tank ontploft, slaat hij gaten in de andere twee.
Daardoor vliegen die ook in brand.
Ik heb tien minuten om weg te komen.
Geen probleem.

Ik haal diep adem, dan ren ik naar de eerste tank.
Snel kijk ik rond. Welke tank neem ik?
Ik moet NU beslissen. Kom op!
De eerste.
Ik kniel neer en gooi mijn rugzak af.
Mijn T-shirt plakt tegen mijn rug.
Dit is het. Dit is de missie van De Terrorist.
Robin heeft me geleerd hoe het moet.
Ik draai de teller op tien minuten.
Meteen ga ik weer, maar één keer kijk ik om.
Nog even, dan spat de tank uit elkaar.
De klok tikt. Het aftellen is begonnen.

Terrorist?

Grinnikend klauter ik terug door het gat.
Ik voel me goed. Echt ontzettend goed.
Ik heb het gedaan! De Terrorist heeft zijn
opdracht uitgevoerd, zijn gevaarlijkste ooit.
En hij heeft nog zes minuten over.

Eerst haal ik diep adem, dan bel ik Betty.
Voordat ik iets zeg, hoor ik het lawaai.
Het protest is in volle gang.
Ik wacht niet op haar stem. 'Ik ben het', zeg ik.
'De Terrorist. Opdracht volbracht!'

'Goed gedaan', zegt ze. 'Je bent geweldig!
Ik stuur iedereen weg nu.'
Wat zegt ze? Iedereen wegsturen?
Ik krijg opeens buikpijn.
'Hoe bedoel je?', schreeuw ik.
'Het wordt een geweldig vuurwerk, Jamal.
En jij hebt het aangestoken. Nou, wij gaan
lopen. Anders zijn we niet op tijd weg.'

Even weet ik niks meer.
'Hoezo weg? Waar naartoe?', vraag ik.

Opeens denk ik aan mijn huis.
Ik raak in paniek.
'En mijn huis dan? Is dat ver genoeg uit de
buurt?
Ik woon hier! En mijn moeder. En Kenzo ...'

'Dat weet ik niet, Jamal. Zorg dat je wegkomt.
Je hebt juist levens gespaard.
Want je hebt de aarde gered.
Denk daar maar aan.
Misschien gaat er een klein dingetje mis,
maar dat is niet erg.
Het is een geweldige actie!'

'NEE! Wat heb je me geflikt, Betty?'
'Ssst, Jamal. Niet schreeuwen.
En nooit mijn naam noemen!
Het komt allemaal goed.
Ik stuur Robin naar je toe, hij helpt je
vluchten.
Maar nu moet ik hier verder.'

Ik sta stokstijf stil. Ik kan me niet bewegen.
Betty heeft opgehangen.
Ik tril over mijn hele lichaam.

Niet omdat het koud is, maar om wat ik heb gedaan.
Nu pas begrijp ik het: de brand zal alles verwoesten.
Ook de huizen zullen verbranden.
Dat is verschrikkelijk, dat is de aarde niet waard.
Misschien valt er wel een dode, of zelfs meerdere doden.
De Terrorist is nu echt een terrorist!
Wat heb ik gedaan?

Wegwezen

Toen ik aan deze opdracht begon, voelde ik
me goed. Ik had weer familie, dat gaf me een
warm gevoel. Maar dat is voorbij, ik wil niet
meer bij hen horen.

Ik kijk op mijn mobiel. Nog vier en een halve
minuut.
Zal ik de bom onklaar maken? Red ik dat?
Het kostte me vier minuten om hier te komen.
Dus ik kan het proberen.

Snel kruip ik opnieuw door het gat.
Zo hard als ik kan ren ik terug.
Er is geen tijd om me te verstoppen.
Het pad is een racebaan.
Ik voel me nog steeds belangrijk. Belangrijker
dan ooit.
Alleen is alles nu anders. Ik moet nu levens
redden en niet de planeet. En elke seconde
telt.

Het is nog steeds stil op het terrein.
Alleen mijn voetstappen zijn te horen.

En mijn hart, dat bonkt in mijn borst.
Ergens start een auto.
Niet op letten, zeg ik tegen mezelf.
Hijgend kom ik bij de tanks aan. Alles is
verlicht.
Meteen zie ik twee bewakers in uniform.
Als ik nu doorga, pakken ze me.
En dan ben ik er geweest. En die bewakers
ook. En de fabriek. En misschien wel de hele
woonwijk.
Hoeveel seconden heb ik nog? 55.

Ik moet heel gewoon doen. Doen alsof ik hier
werk.
Losjes en zelfverzekerd, dan ben ik niet
verdacht.
Ik maak me lang en breed, dan wandel ik
rustig over de weg.
Niet haasten, denk ik. Geen aandacht trekken.
Als ik maar langs die bewakers ben.
Dan gaat het beter. Daar ben ik niet goed te
zien.

En daar is de eerste tank. Nog 37 seconden.
Snel ren ik naar de eerste tank.

Daar ligt de bom, 25 seconden nog.
Ik pak hem en probeer de tikker te stoppen.
Maar mijn hand is nat van het zweet.
Het lukt me niet.
Hij telt maar door.
Ik draai het ding om en om, maar ik kan geen
aan/uitknop vinden.
Er zit geen knop op.

Bang kijk ik rond.
Er stopt net een politiewagen en een agente
stapt uit.
Dat is mijn kans, mijn enige kans. Dertien
seconden.
Ik pak de bom en ren naar de auto.
Iemand schreeuwt: 'Hé! Jij daar!'
Ik gooi de bom in de auto en sla het portier
dicht.
'Wegwezen!', roep ik tegen de agent achter
het stuur.
En ik ren hard weg.

Ontploffing

Dan ineens lijkt het of mijn oren ontploffen.
Ik word vooruit gesmeten.
Maak ik geluid? Gil ik?
Geen idee, maar het lawaai is verschrikkelijk.

Ik rol om en om, en ik blijf rollen.
Als een voetballer die keihard heeft gerend,
en dan valt.
Eindelijk blijf ik liggen. Al mijn spieren doen
pijn.
Toch sta ik op. Ik moet wel.
Rennen moet ik. Weg hier!
Achter me brandt het wrak van de auto uit.
De agent in de auto is dood, dat kan niet
anders.
Werkmensen rennen langs me heen.
Ze schreeuwen, maar de tanks zijn nog heel.
De mensen zijn gered en de huizen blijven
staan.

Ik hap naar adem.
Lopen gaat bijna niet meer, toch ren ik terug
over het pad.

Iedereen is in paniek. Nu kan ik wegkomen.
Mijn lichaam is er nog.
Mijn hoofd, mijn borst en mijn benen doen
pijn.
Maar ik heb het gered.

Ik ren onder een oliepijp door.
Dan een stukje naar rechts.
Sneller. Sneller. Naar het gat in het hek.
Ik ben opgelucht en blij. Zo blij dat ik niet
oplet.

In de schaduw zit iemand.
Dat zie ik pas als ik door het hek kruip. Het is
Robin.
'Wat heb je gedaan?', schreeuwt hij.
'Eh …' Kan ik nog wel praten?
'Ik …', begin ik. 'Ik kan het niet.'
'Wat kun je niet?'
Mijn hoofd is zwaar. Denken gaat niet meer.
'Ik kan het niet. Het gaat niet. Het is fout.'
Robin is boos. En niet zo'n beetje. Hij is
laaiend. 'Een grote actie. Het hele land in
paniek. Dat was ons plan, maar jij hebt het
verknald!'

'Ik heb het meteen gezegd', zei ik.
'Geen gewonden.'

Robin pakt me bij mijn schouders.
Hij schudt me door elkaar. 'Jij stomme sukkel!
Ik wist het. Ik wist het.
Iemand van ons had het moeten doen.
Maar die trut van een Betty wilde dat niet.
Geen schuld bij R.O.A.
We nemen iemand anders. Een onbelangrijk
persoon.
En kijk nou ... Alles mislukt!'

'NEE! NIET WAAR!', schreeuw ik. 'Betty zei ...'
Maar dan begrijp ik het.
Ik kan niks meer zeggen.
'Wat denk je nou!' Robin spuugt de woorden
uit. 'Waarom moest jij het doen?
Hè? Wat denk je?'
Robin blijft naar me schreeuwen.
Dan zegt hij: 'Hier zul je voor boeten.'
Hij zwaait zijn arm naar achteren.
Ik wankel op mijn benen en val al voordat zijn
vuist mij raakt.
Dan gebeurt er iets geks.

Hij staat ook niet zo stevig, denk ik.
En hij verwacht niet dat ik opsta.
Ik stort me op hem en stomp hem waar ik kan.
We vallen samen.
Ik grijp de onderkant van het hek en Robin
rolt van de helling af.
Zijn armen en benen zwaaien.
Maar het gras is nat, hij krijgt geen grip en
rolt zo de weg op.
Er komt een brandweerauto aan.
Hoort Robin de sirene wel?
De auto rijdt hard. Natuurlijk, hij moet naar
de brand.

Ziet Robin de lichten niet?
Hij moet nu wel opstaan!
Maar Robin staat niet op.
Piepende remmen en dan een vreselijke bonk.
Ik moet overgeven.

Bijna is alles goed gekomen.
Ik heb de bom verplaatst, ik heb mensen
gered.
En ik heb mezelf gered uit de handen van
Robin.

Maar de aarde heb ik niet gered.
En Robin en de politieagent ook niet ...

SCHADUW-REEKS:

Superspannende thrillers voor jongeren

www.eenvoudigcommuniceren.nl
www.lezenvooriedereen.be

REALITY REEKS:

Herkenbare, waargebeurde verhalen voor jongeren

www.eenvoudigcommuniceren.nl
www.lezenvooriedereen.be